BANDIT

MISSION : ADOPTION

Fais connaissance avec les chiots
de la collection *Mission : Adoption*

Babette
Bandit
Belle
Bibi
Biscuit
Boule de Neige
Cannelle
Carlo
Champion
Chichi et Wawa
Chocolat
Glaçon
Husky
Lucie
Maggie et Max
Margot
Mona
Moka
Patou
Pico
Presto
Princesse
Rascal
Réglisse
Rocky
Rosie
Théo
Titan
Tony
Zigzag

MISSION : ADOPTION

BANDIT

ELLEN MILES

Texte français d'Isabelle Montagnier

Éditions
SCHOLASTIC

Catalogage avant publication de Bibliothèque et Archives Canada

Miles, Ellen

[Bandit. Français]

Bandit / Ellen Miles ; texte français d'Isabelle Montagnier.

(Mission, adoption)
Traduction de : Bandit.
ISBN 978-1-4431-4339-4 (couverture souple)

I. Montagnier, Isabelle, traducteur II. Titre. III. Collection : Miles,
Ellen. Mission adoption. IV. Titre : Bandit. Français.

PZ26.3.M545Ban 2015   j813'.6   C2014-907589-8

Illustration de la couverture : Tim O'Brien
Conception graphique de la couverture originale : Steve Scott

Édition publiée par les Éditions Scholastic,
604, rue King Ouest, Toronto (Ontario) M5V 1E1.

5 4 3 2 1   Imprimé au Canada 121   15 16 17 18 19

MIXTE
Papier issu de
sources responsables
FSC® C004071

Pour Larry et Rick. Pas de singe! Désolée!

CHAPITRE UN

Rosalie Fortin trempa un gros morceau de crêpe aux noix et aux bananes dans le délicieux sirop d'érable qui s'étalait dans son assiette.

— Miam! Ton oncle avait raison. Ce sont les meilleures crêpes que j'aie jamais mangées, dit-elle à sa meilleure amie, Maria, avant d'avaler une autre bouchée.

— Nous essayons toujours de nous arrêter ici, Chez Albert, quand nous allons au chalet, fit remarquer la mère de Maria.

Le père de Maria, M. Santiago, hocha la tête et ajouta :

— C'est une tradition depuis que Théo nous en a parlé.

Chez Albert était un relais routier. Les camionneurs s'y arrêtaient pour manger lorsqu'ils parcouraient le pays avec leurs poids lourds pour livrer des marchandises de toutes sortes : meubles, bananes, bois, chaussures de course, bâtons de baseball, robinets de cuisine... Théo, l'oncle de Maria, était un de ces routiers. Rosalie ne l'avait jamais rencontré, mais elle avait beaucoup entendu parler de lui. Théo était l'oncle préféré de Maria et il restait chez les Santiago chaque fois qu'il était en ville. Il était drôle, beau et extrêmement gentil. Il rapportait toujours à Maria des souvenirs formidables : elle avait ainsi une collection de plaques d'immatriculation miniatures au nom de MARIA provenant des différentes provinces du Canada. Il ne lui manquait plus que la plaque du Nunavut et celle de Terre-Neuve. Théo avait promis de les lui rapporter un jour.

Rosalie se sentait privilégiée d'être en route pour le chalet des Santiago, au nord de Saint-Jean. Elle y était déjà allée une fois et elle avait adoré son séjour :

les grands pins, les sentiers dans les bois, le lac secret. C'était un endroit magique. Cette fois-ci, Maria et Rosalie prévoyaient explorer les bois au-delà du lac pour trouver un vieux verger de pommiers dont M. Santiago leur avait parlé.

— On arrive dans combien de temps? demanda Rosalie qui avait hâte d'être au chalet.

Elle fit glisser sa fourchette dans le sirop d'érable et dessina des courbes blanches dans son assiette.

— Environ une heure et demie, répondit M. Santiago. As-tu besoin d'aide pour finir tes crêpes?

Il montra de sa fourchette l'énorme pile de crêpes qui restaient dans l'assiette de Rosalie.

Maria avait recommandé à son amie de ne commander qu'une demi-portion.

— La portion normale est gigantesque, avait-elle dit. Tu ne pourras jamais tout manger.

Mais Rosalie n'avait pas écouté son amie.

— Je peux manger un million de crêpes, avait-elle répliqué. Je suis la championne de ma famille quand il s'agit de manger des crêpes. Personne ne peut me battre.

Maria avait simplement haussé les épaules.

— Avec toi, tout devient toujours un concours. Vas-y, alors. Commande ce que tu veux.

Maintenant, Rosalie se sentait comme un sofa trop rembourré, mais elle voulait tout de même prouver qu'elle était la championne des crêpes.

— Ça va aller, dit-elle à M. Santiago. Je vais y arriver.

Lentement, elle trempa un autre morceau de crêpe dans le sirop et le mit dans sa bouche. Elle se dit que c'était dommage que Biscuit ne soit pas sous la table en ce moment, comme à la maison. Il aurait été heureux de l'aider à finir sa nourriture en cachette.

Biscuit était le chien des Fortin. C'était un chiot roux, le plus mignon et le plus merveilleux au monde selon Rosalie. Même s'il était interdit de lui donner de la nourriture quand la famille était à table, parfois, Rosalie ne pouvait pas résister aux adorables yeux implorants du petit chien. Elle laissait alors tomber par terre un morceau minuscule de côtelette de porc ou un petit bout de pain. Biscuit l'avalait goulûment tandis que Mme Fortin faisait les gros yeux à Rosalie.

— C'était un accident, déclarait toujours cette dernière.

Ses deux petits frères, Charles et Adam (un bambin que tout le monde appelait « le Haricot »), avaient parfois des « accidents », eux aussi. Et Rosalie soupçonnait son père de glisser de la nourriture au chiot de temps en temps. Biscuit était un chien chanceux.

Rosalie savait qu'elle était chanceuse elle aussi. Chanceuse d'avoir un chien et chanceuse de faire partie d'une famille qui accueillait toutes sortes de chiots. Les Fortin s'occupaient de chiots sans foyer en attendant de leur trouver une famille parfaite. Cela représentait parfois beaucoup de travail et c'était toujours difficile de les laisser partir quand ils étaient adoptés, mais Rosalie adorait s'en occuper.

Elle jeta un coup d'œil à son assiette. Était-elle chanceuse d'avoir encore autant de crêpes même si son estomac était plein? Elle laissa échapper un rot.

— Pardon, dit-elle en se couvrant la bouche.

Elle se mit à rire ainsi que Maria.

— Tu n'es pas obligée de finir si tu n'as plus faim, dit Mme Santiago. On pourrait emporter les restes pour gâter Simba.

Simba était un magnifique labrador de couleur sable. Il était d'ailleurs avec eux dans le restaurant, sous la table, aux pieds de Mme Santiago. La mère de Maria était aveugle et Simba était son chien-guide. Il pouvait donc l'accompagner partout. Simba était le chien le mieux dressé que Rosalie connaissait. Il ne quémandait jamais, il n'aboyait jamais, ne sautait pas sur les gens et ne se sauvait jamais avec quelque chose qui ne lui appartenait pas. Il se contentait d'attendre, patiemment, toujours prêt à aider.

— Eh bien, ma foi, d'accord, dit Rosalie. Je suis sûre que je pourrais finir, mais Simba mérite une gâterie.

M. Santiago fit signe à la serveuse et lui demanda un contenant pour emporter les restes.

La serveuse sourit et s'en alla. Elle revint avec un contenant qu'elle donna à Rosalie et tendit l'addition à M. Santiago.

— Maman m'a donné de l'argent pour payer le déjeuner pour tout le monde et je suis censée insister pour payer l'addition, s'empressa de dire Rosalie en sortant quelques billets de sa poche. C'est tellement gentil de votre part de m'emmener à votre chalet.

M. Santiago sourit.

— Eh bien, je suppose que nous allons accepter en disant un grand merci à tes parents.

— Est-ce qu'on peut aller payer? demanda Maria.

Elle se pencha et murmura à Rosalie :

— Il y a des bonbons à la menthe à la caisse.

— Bien sûr, répondit Mme Santiago.

Les deux fillettes se levèrent d'un seul bond.

Rosalie suivit Maria en remarquant au passage qu'aucun routier ne ressemblait à l'image qu'elle s'en faisait. Par exemple, elle imaginait que l'oncle Théo était un grand gaillard avec plein de tatouages et peut-être le crâne rasé. Un dur à cuire. Mais tous les hommes et les femmes qu'elle voyait maintenant, occupés à boire du café au comptoir ou à mettre du ketchup sur leur hamburger et leurs frites, ressemblaient à des gens qu'on croiserait n'importe où. Les deux fillettes arrivèrent à la caisse derrière laquelle était assise une dame aux cheveux blancs.

— Tu vois? dit Maria en montrant un bol rempli de bonbons à la menthe rayés rouge et blanc.

Mais Rosalie l'entendit à peine. Elle était trop occupée à regarder la dame aux cheveux blancs. Ou plutôt le chiot qu'elle tenait dans ses bras.

CHAPITRE DEUX

Rosalie avait vu beaucoup de chiots dans sa vie, et ils étaient tous mignons. Mais ce chiot-là? Il était bien *plus* que mignon. Il était incroyablement adorable. Il avait une fourrure à poils longs, soyeuse et blanche avec quelques taches noires, de longues oreilles tombantes et une petite truffe noire. Ses yeux pétillants, encerclés par un masque noir, la regardaient.

— Oh! s'exclama Rosalie en tirant le bras de Maria. Regarde!

Maria fit demi-tour et poussa un petit cri.

— Quel chiot adorable! De quelle race est-il?

Rosalie répondit avant même que la dame n'en ait eu la chance.

— C'est un shih tzu, n'est-ce pas?

Lentement, afin de ne pas faire peur au chiot, elle tendit une main pour qu'il la renifle. Rosalie avait déjà vu des photos de shih tzu, mais elle n'y avait jamais prêté attention. Elle adorait tous les chiens, mais elle préférait les grands chiens aux petits. Et les shih tzu étaient très, très petits. Selon son affiche « Les races de chiens dans le monde » (elle s'en souvenait maintenant), ces petites boules de poils ne faisaient jamais plus de trente centimètres de hauteur.

— Chitzou? répéta la dame à la manière de Rosalie. Je suppose que c'est cela.

Elle regarda le chiot et haussa les épaules.

— En tout cas, c'est ce que disait la note, ajouta-t-elle.

— Quelle note? s'enquit Rosalie.

Elle caressa la fourrure douce et soyeuse du petit chien qui sortit une minuscule langue rose et lui lécha la main.

La dame soupira.

— Quelqu'un a laissé ce chiot devant la porte des cuisines ce matin. Ce devait être avant quatre heures du matin, car Patou, la cuisinière, arrive toujours à quatre heures pour ouvrir les portes.

Elle recala le chiot dans ses bras.

— Laissé? reprit Rosalie en la regardant fixement. Que voulez-vous dire?

— Je veux dire que quelqu'un l'a laissé ici, dit la dame. Dans un carton de laitues trouvé dans la benne à ordures à l'arrière. Quelqu'un l'avait enveloppé dans une serviette rouge pour qu'il ait chaud.

Maria resta bouche bée.

— Pourquoi quelqu'un abandonnerait-il un chiot aussi mignon ici? demanda-t-elle. Si j'avais un chiot comme lui, je ne le laisserais jamais nulle part.

Le chiot gémit et la dame le serra plus fort dans ses bras. Elle secoua la tête.

— Il y a des gens qui ont la vie dure ces jours-ci, expliqua-t-elle. Je pense qu'ils auraient aimé le garder, mais...

Elle plongea la main dans la poche de son tablier vert portant l'inscription « Mangez chez Albert » et en sortit un morceau de papier qu'elle tendit à Rosalie.

— Lisez vous-même.

Rosalie déplia le papier.

— *Voici Bandit*, lut-elle à haute voix.

Bandit! Ce nom lui allait parfaitement à cause du masque noir qui entourait ses yeux. Elle sourit au chiot et lui dit doucement :

— Bonjour Bandit.

Elle le trouvait vraiment adorable. Il ressemblait à une peluche. Elle voulait le prendre et lui faire un câlin et...

— Rosalie! Finis de lire la note! s'écria Maria. Que dit-elle?

Elle tendit le cou pour essayer de lire par-dessus l'épaule de Rosalie.

Rosalie regarda de nouveau la note.

— *Bandit est un shih tzu. Il a six mois et nous aimons beaucoup notre petit chien*, lut-elle. *Mais le vétérinaire dit qu'il a besoin d'une opération à cœur ouvert et nous ne pouvons pas nous permettre de la payer, car nous avons des enfants à nourrir avant tout. Alors nous espérons que vous pourrez trouver quelqu'un pour l'aider avant qu'il ne devienne plus malade.*

— Pourquoi des gens *feraient-ils* une chose pareille? s'écria Maria. Ils auraient dû le laisser chez le vétérinaire ou dans un refuge pour animaux comme les Quatre Pattes. Pas dans un restaurant pour routiers.

Rosalie eut soudain l'impression que les crêpes dans son estomac pesaient autant que du plomb. Maria était fâchée, mais Rosalie sentit une vague de tristesse l'envahir. Et si ses parents lui disaient qu'ils devaient abandonner Biscuit parce qu'ils n'avaient plus les moyens de s'occuper de lui. Elle ferma les yeux pendant un instant.

— Oh! Pauvre petit.

Quand elle les rouvrit, Bandit la regardait avec ses petits yeux noirs, vifs et joyeux.

Bonjour toi! Je parie que tu veux être mon amie.
Tout le monde veut être ami avec moi.

Rosalie ne put s'empêcher de sourire au chiot. Il n'avait pas l'air malade du tout.

La dame hocha la tête.

— C'est vraiment dommage, dit-elle. Je ne sais pas comment *nous* pourrions l'aider. Bien sûr, beaucoup de monde passe par ici tous les jours, et je vous assure que toutes les personnes qui l'ont vu aujourd'hui sont tombées sous son charme. Je n'ai jamais vu un chien se faire des amis aussi rapidement que lui. Je suis sûre que quelqu'un finira par emmener ce petit chéri. Moi, j'aimerais bien, mais je ne pense pas que mes chats apprécieraient.

— Je vais le prendre, dit Rosalie.

— Hein? s'exclama Maria en la dévisageant. Tu es folle ou quoi?

Rosalie haussa les épaules et poursuivit :

— Il a besoin d'aide.

— Mais, mais… balbutia Maria, d'une part, on est en route pour le chalet et d'autre part, il a besoin d'une opération. Et tes parents…

Rosalie hocha la tête.

— Je dois les appeler, dit-elle.

Elle se sentait très calme et certaine d'être la personne idéale pour aider Bandit. Sa famille avait aidé de nombreux chiots et celui-ci avait vraiment besoin d'un coup de main.

— Je suis sûre qu'ils viendront me chercher, ajouta-t-elle. On est seulement à une demi-heure de chez moi.

— Que se passe-t-il ici? demanda le père de Maria en les rejoignant à la caisse. Il faut qu'on se remette en route.

Puis il remarqua le chiot.

— Oh là là! s'exclama-t-il. À qui appartient-il?

— C'est Bandit, dit Rosalie. Ma famille va l'accueillir.

M. Santiago fronça les sourcils.

— Tu veux dire que tu aimerais l'amener au chalet avec nous?

Rosalie secoua la tête.

— Je pense que ce serait mieux de l'emmener à la maison si ça ne vous fait rien d'attendre que mes parents viennent me chercher. Je regrette vraiment de ne pas aller au chalet, mais c'est important. Bandit a besoin de notre aide.

Quelques instants plus tard, Rosalie était sur les marches à l'entrée du restaurant, le téléphone cellulaire du père de Maria à la main.

— C'est ça, dit-elle. Il s'agit d'un chiot. Un chiot qui a des problèmes. Nous sommes au restaurant Chez Albert. Quand allez-vous arriver?

CHAPITRE TROIS

Rosalie retourna à l'intérieur du restaurant et vit que Maria et son père parlaient encore à la dame qui tenait Bandit.

— Papa vient me chercher, leur dit Rosalie. Heureusement qu'il n'est pas de garde aujourd'hui.

Le père de Rosalie était pompier.

— Ça le gêne de vous faire attendre.

M. Santiago hocha la tête.

— Ce n'est pas un problème. Nous n'avons pas vraiment d'horaire. J'ai beaucoup de choses à faire, comme réparer le toit et préparer le chalet pour l'hiver, mais on y arrivera.

Il regarda Bandit et ajouta en souriant :

— Maria et Mme Klein m'ont tout expliqué. Ce petit chiot a besoin d'aide. Je suis sûr qu'attendre un peu ne dérangera pas ma femme non plus.

Rosalie voyait bien que le père de son amie était tombé sous le charme de Bandit, lui aussi. Elle suivit le regard de M. Santiago. Bandit la regarda à son tour et secoua la tête.

Salut toi! Je savais bien que tu ne resterais pas loin de moi bien longtemps.

Le cœur de Rosalie se mit à battre plus fort. Quel était le secret de ce minuscule chiot? Il était tout simplement irrésistible. Elle remarqua l'insigne sur le tablier de la dame : VIOLETTE KLEIN.

— Pourrais-je le prendre dans mes bras, Mme Klein? demanda-t-elle.

Elle était impatiente de lui faire un câlin.

Mme Klein hésita.

— Oh, je n'ai pas vraiment envie de m'en séparer. Mais je suppose que je vais bien finir par devoir le faire, alors autant que ce soit maintenant. Tu es un vrai charmeur, dit-elle au chiot. Je ne t'oublierai pas.

Elle embrassa Bandit sur la tête.

Rosalie s'avança et prit le chiot dans ses bras. Il était léger comme une plume et incroyablement doux. Il gigota pendant quelques instants, fourra son nez contre la joue de Rosalie qui sentit son souffle chaud, puis il s'installa confortablement dans les bras de la fillette.

Bon, et maintenant, qu'est-ce qu'on fait?

Maria se mit à rire.

— On dirait qu'il demande « Quelle est la suite? », dit-elle.

— La suite, c'est peut-être de l'emmener se promener, suggéra Rosalie.

Bandit avait un petit collier bleu clair avec une laisse assortie.

— Bonne idée, je suis sûre que Simba aimerait bien aller faire un tour lui aussi, dit le père de Maria.

Rosalie sentit alors quelque chose dans sa main. La facture pour le déjeuner! Après tout ce qui s'était passé, elle ne l'avait toujours pas payée. Elle changea légèrement Bandit de position pour pouvoir tendre à Mme Klein la facture et des billets qu'elle sortit de sa poche.

— Je me souviendrai longtemps de ce déjeuner. J'ai mangé les meilleures crêpes au monde et je repars avec un chiot.

Peu de temps après, le père de Rosalie arriva avec sa camionnette rouge. Il se gara, puis se dirigea vers la pelouse où Rosalie et Maria promenaient Bandit.

— Qu'avons-nous là? demanda-t-il en se penchant et en attendant que le chiot vienne le renifler.

Rosalie éclata de rire en voyant le minuscule chiot tirer sur sa laisse et sauter comme un lapin en direction de son père.

— Il est vraiment mignon, dit M. Fortin.

Il prit le chiot dans ses bras et lui planta un baiser sur la tête. Il sourit à Bandit, puis regarda Rosalie d'un air soudainement sérieux.

— Si ce chiot a vraiment besoin d'une opération à cœur ouvert, nous prenons une grande responsabilité, dit-il. Ta mère et moi avons accepté de l'accueillir puisque tu tiens tellement à l'aider, mais ce ne sera peut-être pas facile.

— Je sais, affirma Rosalie. Merci, papa. Merci d'être venu nous chercher.

M. Santiago posa une main sur l'épaule de M. Fortin.

— C'est très apprécié, dit-il. Nous ferions mieux d'y aller.

— Nous aussi, dit le père de Rosalie. J'ai déjà téléphoné à notre vétérinaire, D^{re} Demers, et elle a dit qu'on devrait l'amener tout de suite à sa clinique pour un examen.

Rosalie avait du mal à croire que *quelque chose* n'allait pas bien chez Bandit. Il avait un air et un comportement tout à fait normaux. Mais son père avait raison : il fallait le faire examiner.

Bandit sauta dans la camionnette de M. Fortin comme s'il avait fait ça toute sa vie. Rosalie tint fermement le chiot dans ses bras pendant tout le trajet. Bandit ne gémit pas et ne gigota pas non plus. Il se contenta de regarder défiler le paysage par la vitre. De temps en temps, Rosalie embrassait le dessus de sa tête. Elle n'avait jamais imaginé tomber amoureuse si rapidement, surtout d'un petit chien.

Quand ils arrivèrent chez la vétérinaire, elle les attendait.

— Ah! dit-elle en voyant Bandit. Voici notre petit patient.

Elle le prit des bras de Rosalie en souriant.

— Comme tu es mignon, dit-elle en frottant son nez contre celui du chiot.

L'assistante vétérinaire qui était à la réception se mit à rire.

— Quoi? demanda D^{re} Demers.

— C'est la première fois que je vous vois cajoler un chiot comme ça, dit-elle.

D^{re} Demers haussa les épaules.

— On sent tout de suite que ce toutou est spécial, fit-elle remarquer.

Elle se tourna vers Rosalie et son père et ajouta :

— J'ai demandé à Carole de passer des coups de fil aux vétérinaires du coin au cas où quelqu'un connaîtrait ce chiot et l'aurait traité. J'aimerais bien voir son dossier. Entre temps, je vais faire un bilan complet et je vous rappellerai dès que possible.

Elle s'apprêtait à retourner dans la salle d'examen quand Rosalie s'exclama :

— Vous voulez dire que vous allez le garder ici?

D^{re} Demers fit demi-tour.

— Je pense que c'est la meilleure chose à faire. Il faudra sûrement un certain temps pour déterminer ce qui ne va pas. Je veux aussi téléphoner à un vieil ami de l'école vétérinaire. C'est un chirurgien qui travaille dans un hôpital très chic pour animaux à Montréal et il pourrait nous aider si Bandit avait bel et bien besoin d'être opéré. En tout cas, je promets de vous appeler dès que j'aurai des nouvelles.

Rosalie courut faire un dernier bisou sur la tête de Bandit. Elle avait du mal à le quitter, mais D^{re} Demers avait raison. La chose la plus importante en ce moment était de déterminer son problème de santé.

De retour chez elle, Rosalie essaya de s'occuper en jouant avec Biscuit à l'un de ses jeux préférés. Derrière son dos, elle mit une gâterie dans l'une de ses mains. Ensuite, elle tendit ses deux mains fermées devant elle et demanda :

— Laquelle, Biscuit?

Biscuit agita la queue et renifla attentivement les deux mains. Puis il poussa la main gauche de Rosalie avec sa truffe.

— Bravo, Biscuit! s'écria Rosalie en ouvrant la main qui contenait la gâterie.

Ensuite, ils jouèrent à la tague dans la cour arrière. Soudain, le téléphone sonna. Rosalie se précipita à l'intérieur pour répondre la première. C'était peut-être D^{re} Demers.

Mais c'était seulement Maria.

— Comment va Bandit? demanda-t-elle.

— Je ne sais pas encore, dit Rosalie. J'attends que la vétérinaire nous donne des nouvelles.

Elle expliqua qu'elle avait dû laisser le chiot à la clinique vétérinaire.

— Comment c'est, au chalet? demanda-t-elle avec une touche de regret dans la voix en pensant aux grands pins et au feu dans la cheminée.

— Pas mal, mais je m'ennuie sans toi, répondit Maria.

— Je viendrai une autre fois. Bon, il faut que je raccroche au cas où D^{re} Demers essaierait de nous appeler. Rappelle-moi demain. Je devrais en savoir plus d'ici là.

Finalement, une heure plus tard, alors que Rosalie essayait d'apprendre à Biscuit à aboyer sur demande, le téléphone sonna de nouveau. Cette fois-ci, c'était D^{re} Demers.

— Rosalie? dit-elle d'une voix sérieuse. Tu peux venir chercher Bandit et le ramener chez toi si tu veux.

Le cœur de Rosalie fut rempli d'allégresse pendant un instant.

— Super! Mais...?

D^{re} Demers fit une pause et dit :

— Je devrais peut-être parler à tes parents.

— Vous pouvez tout me dire, affirma Rosalie qui mourait d'envie d'entendre la vérité.

— Eh bien, dit D^{re} Demers, ce qui est écrit sur la note est vrai. Bandit a besoin d'une opération à cœur ouvert dans les plus brefs délais.

CHAPITRE QUATRE

Le reste de la famille Fortin tomba rapidement sous le charme de Bandit. Pendant toute la fin de semaine, Mme Fortin lui parla comme à un bébé en lui donnant à manger. M. Fortin se coucha sur le tapis et laissa le chiot grimper sur lui. Charles fabriqua et décora un napperon spécial qui disait BIENVENUE BANDIT! Quant au Haricot, il suivit Bandit partout en riant aux éclats chaque fois que le chiot lui léchait les mains ou le visage.

Rosalie se demandait si Biscuit allait être jaloux, mais non. Il aimait visiblement Bandit autant que tout le monde et les deux chiots passèrent des heures à jouer ensemble. De plus, Biscuit semblait comprendre qu'il devait traiter son nouvel ami avec précaution.

En les regardant lutter gentiment sur le tapis du salon, Rosalie et le reste de la famille se mirent à rire.

— On dirait que Biscuit fait semblant de laisser gagner Bandit, dit la fillette en observant le chiot noir et blanc qui se tenait debout sur le dos du chiot roux beaucoup plus costaud que lui.

Biscuit adressa un sourire canin à Bandit dont les yeux brillaient d'excitation et la queue s'agitait en signe de victoire.

Je suis petit, mais je suis fort!

— Oooh! dit M. Fortin, tout attendri. Bon chien, Biscuit.

— Êtes-vous sûrs que c'est prudent de les laisser jouer comme ça? demanda Mme Fortin. Et le cœur de Bandit?

Rosalie et M. Fortin hochèrent la tête.

— D^{re} Demers a dit que ce n'était pas un problème, répondit Rosalie. Il ne faut pas que Bandit aille courir dehors comme un fou, mais de toute façon, il ne fait jamais ça. Et elle a dit qu'il risquait de se fatiguer rapidement et qu'il ferait probablement beaucoup de siestes.

La vétérinaire avait expliqué à Rosalie et à son père que Bandit était né avec un problème cardiaque, un trouble des valves du cœur. Ce n'était pas rare selon D^{re} Demers et, généralement, ce n'était pas difficile à soigner, du moins pour un chirurgien chevronné. Par contre, si Bandit ne se faisait pas opérer ou si l'opération ne se passait pas bien, il risquait de mourir.

Rosalie prit le chiot sur ses genoux. Il oublia immédiatement ses jeux et se blottit contre elle confortablement en la regardant de ses petits yeux noirs brillants.

— Tu aimes les câlins, n'est-ce pas? lui demanda Rosalie.

Bien sûr. Peu importe. Continue de me caresser.

M. Fortin vint flatter Bandit lui aussi. Il secoua la tête et dit :

— J'ai essayé de résister, mais je n'ai pas pu. J'adore ce chiot.

— Pourquoi essayerait-on de résister? ajouta Charles qui était couché sur le sol avec le Haricot et caressait Biscuit.

— Eh bien, dit M. Fortin en s'éclaircissant la gorge, ce n'est pas une bonne idée de s'attacher à un chien qui pourrait... qui risque de...

Il jeta un regard éperdu à Mme Fortin.

— Qui risque de ne pas rester chez nous très longtemps, s'empressa de dire Mme Fortin.

Charles et le Haricot hochèrent la tête. Ils savaient que quand on accueillait des chiots, il fallait s'attendre à les voir partir même si on s'était beaucoup attaché à eux.

Mais Rosalie savait que ce n'était pas ce que son père avait failli dire et qu'il craignait que Bandit ne survive pas. Si le chiot ne se faisait pas opérer rapidement...

Rosalie ferma les yeux. Elle ne voulait même pas y penser.

L'opération allait coûter très très cher. La veille, quand ils étaient allés chercher Bandit, D^{re} Demers avait dit le prix à Rosalie et à M. Fortin. Quand M. Fortin avait levé les yeux au ciel, la vétérinaire avait précisé :

— C'est la moitié du coût normal. Mon ami vétérinaire à Montréal a accepté de baisser le prix en raison des circonstances.

Depuis, Rosalie essayait de trouver des moyens de collecter des fonds pour l'opération et pour le voyage jusqu'à Montréal. Elle avait fait une liste d'idées sur une page de son album de photos consacré aux chiens. C'était un cahier à spirale dans lequel elle mettait des photos et des descriptions des chiens que sa famille accueillait. Elle avait décoré la page de couverture avec un collage de photos des chiots les plus mignons. La photo de Biscuit était au centre, bien sûr.

Sous le titre « IDÉES DE COLLECTE DE FONDS POUR BANDIT », elle avait écrit *Vente de pâtisseries?* Mais elle savait bien que sa famille finirait par manger la plupart des biscuits qu'elle ferait pour cette occasion. Ensuite, elle avait écrit *Tombola?* même si elle n'avait aucune idée de ce qu'elle pourrait offrir comme gros lot. Elle ne savait pas coudre et ne pouvait donc pas réaliser une courtepointe comme celle qui faisait l'objet d'un tirage à la bibliothèque chaque année et elle ne pouvait pas se permettre d'acheter un vélo tout neuf comme premier prix. Cette liste pathétique disait ensuite *Économiser mon argent de poche!* Rosalie poussa un soupir. D'ici à ce qu'elle ait économisé assez pour payer l'opération, elle aurait au moins cinquante-trois ans!

Rosalie se disait justement que Maria aurait peut-être des idées en revenant du chalet, quand le téléphone sonna. C'était Maria.

— Nous sommes rentrés plus tôt, dit-elle, parce que nous avions hâte de revoir Bandit! Comment va-t-il? Pouvons-nous passer chez vous? Mon oncle Théo est venu nous rendre visite et il veut rencontrer le « chiot du relais routier ».

Rosalie posa la main sur le combiné et demanda à ses parents s'ils étaient d'accord.

— Bien sûr, répondit-elle à Maria. Nous vous raconterons tout quand vous serez là.

Mme Fortin mit la bouilloire à chauffer pour faire du thé pendant que Rosalie et Charles aidaient M. Fortin à faire un peu de ménage dans le salon. Bandit suivait Rosalie partout, trottant derrière elle tandis qu'elle débarrassait la table basse et tapotait les coussins du sofa. Charles essayait de ranger tous les jouets de Biscuit dans son panier, mais Biscuit se dépêchait de les ressortir un à un et les secouait en courant tout autour de la pièce.

Quand la sonnette retentit, Rosalie se précipita pour ouvrir la porte. Sur le seuil se trouvaient Maria et ses parents, Simba ainsi qu'un grand homme costaud dont le crâne était rasé et qui, Rosalie le remarqua tout de suite, avait des tatouages sur ses énormes avant-bras musclés.

— Salut Rosalie, dit Maria. Voici mon oncle Théo.

CHAPITRE CINQ

Maria bouscula Rosalie et se précipita sur Bandit.

— Le voici! s'écria-t-elle.

Elle se jeta par terre, saisit le chiot et frotta son nez contre les poils soyeux de son cou.

— Oh! Il est encore plus mignon que dans mes souvenirs!

Rosalie se rappela subitement ses bonnes manières.

— Entrez, dit-elle aux parents de Maria et à son oncle.

M. et Mme Fortin arrivèrent pour les accueillir et, bientôt, tout le monde fut assis au salon, entourant Bandit et le cajolant.

— Oh, le pauvre petit, dit Mme Santiago quand elle entendit qu'il avait bel et bien besoin d'une opération à cœur ouvert.

M. Santiago se mit à genoux pour caresser Bandit.

— Tout va bien se passer, mon grand, assura-t-il d'une voix douce.

Bandit se coucha sur le dos et se tortilla en battant des pattes dans les airs. Charles, Maria, Rosalie et le Haricot s'assirent à côté de lui et le caressèrent à tour de rôle.

Youpi! Je suis le centre de l'attention. J'aime ça. Je voudrais que ce soit toujours comme ça.

Rosalie jeta un coup d'œil à l'oncle Théo. Debout, les bras croisés, il observait la scène avec un sourire amusé. Rosalie donna un coup de coude à Maria et fronça les sourcils.

— Tu n'aimes pas Bandit, oncle Théo? demanda Maria.

L'oncle Théo sourit et haussa les épaules.

— Bof... Je n'ai jamais été très attiré par les petits chiens. De plus, il ressemble à... (il tendit les mains devant lui), je ne sais pas... à une boule de poils.

Rosalie remarqua que quand l'oncle Théo bougeait les bras, ses tatouages bougeaient aussi. Sur son bras gauche, plusieurs palmiers semblaient bouger dans le vent. C'était plutôt cool.

— Aimeriez-vous du thé ou du café? demanda Mme Fortin.

Tous les adultes la suivirent dans la cuisine. Le Haricot courut derrière eux et dit de sa voix la plus suppliante :

— Gâteau pour le Haricot?

— Alors, dit Maria quand ils furent partis, et cette opération?

Rosalie soupira.

— Charles et moi avons énuméré toutes les choses que nous pouvons faire pour aider Bandit.

Elle prit sa liste et lut à haute voix :

— Numéro un : bien s'occuper de lui jusqu'à ce qu'il se fasse opérer. C'est facile. Nous avons l'habitude de nous occuper de chiots. Numéro deux : trouver un moyen de le conduire à Montréal et de le ramener. C'est beaucoup plus difficile.

— Non, pas du tout, s'exclama une voix venant de la cuisine. Je peux m'en occuper. Les transports, c'est mon boulot.

L'oncle Théo! Rosalie sourit à Maria. Son oncle était vraiment un chic type, même s'il n'était pas tombé sous le charme de Bandit comme tout le monde.

— Je me demande s'il va l'emmener dans son gros camion, murmura Charles.

Rosalie secoua la tête.

— Mais non, bêta, je doute vraiment que les routiers aient le droit d'avoir des chiens avec eux sur la route.

— En fait, dit Maria, beaucoup d'entre eux en ont. Les chiens font de bons compagnons quand on conduit seul pendant de longues journées. Oncle Théo avait un chien croisé pitbull très gentil qui s'appelait Rosco, mais il a dû le donner parce que Rosco avait le mal des transports.

Charles tira la langue à Rosalie. Puis il se leva et se rendit à la cuisine. *Au cas où maman sortirait des biscuits*, se dit Rosalie. Biscuit bondit sur ses pattes et le suivit, sans doute pour la même raison.

— C'est super, dit Rosalie. Maintenant, tout ce qu'il nous reste à faire, c'est le point numéro trois sur la liste : collecter deux mille cinq cents dollars.

Maria resta bouche bée. Elle dévisagea Rosalie.

— J'ai bien dit deux mille cinq cents dollars, répéta Rosalie.

— Je sais, dit Maria, mais je ne peux pas en croire mes oreilles. C'est beaucoup d'argent.

— D^re Demers dit qu'on n'a pas besoin de recueillir le montant total tout de suite, expliqua Rosalie à son amie. Elle a pris rendez-vous avec le chirurgien pour la semaine prochaine. On pourra payer après.

Elle se pencha, caressa les oreilles soyeuses de Bandit et ajouta :

— Mais on doit trouver une façon d'amasser cet argent.

Elle ouvrit de nouveau son cahier et lut à voix haute les idées qu'elle avait notées. Elles lui semblaient ridicules maintenant.

— Et si vous faisiez quelque chose qui a rapport avec les chiens? dit l'oncle Théo.

Rosalie leva la tête et le vit dans l'embrasure. Il les avait entendues. Elle se sentit rougir.

— Que voulez dire? demanda-t-elle.

— Eh bien, je sais que Maria aime les chiens et d'après ce qu'elle m'a dit, tu es encore plus folle des chiens qu'elle. Vous devriez pouvoir récolter de l'argent en faisant quelque chose qui a rapport avec ça.

Rosalie réfléchit quelques instants.

— Une fois, nous avons organisé un lave-chiens quand ma famille accueillait Chichi et Wawa, deux chiots chihuahuas. C'était amusant, mais c'était salissant et ça n'a pas rapporté tant d'argent que ça.

— Que diriez-vous de promener des chiens alors? Il me semble qu'il y a des tas de gens qui ont besoin de faire sortir leurs chiens pendant qu'ils sont au travail.

L'oncle Théo agita un bras tout en parlant et les palmiers bougèrent de nouveau.

Rosalie et Maria échangèrent un regard. Pourquoi n'y avaient-elles pas pensé plus tôt?

— C'est une excellente idée, oncle Théo, dit Maria en faisant un câlin à son oncle qui haussa modestement les épaules.

— J'ai toujours plein d'idées, dit-il. J'ai d'autres idées pour collecter des fonds pour l'opération de ce petit garnement. Je vous dirai si elles portent leurs fruits.

Il leur adressa un clin d'œil et retourna à la cuisine.

— Promeneuses de chiens, dit Rosalie. C'est absolument parfait. Combien devrait-on faire payer les gens? Un dollar par promenade? Deux dollars?

Elle commença à écrire dans son cahier.

— Que penses-tu d'un tarif de trois dollars pour une promenade de vingt minutes? Est-ce que ça te semble acceptable? Et... Hé! Je viens de trouver un nom parfait pour notre entreprise : AAA Plus Promeneuses de chiens». J'ai lu quelque part qu'un nom d'entreprise commençant par AAA est excellent parce que c'est la première chose que les gens voient dans l'annuaire. De plus, ça donne l'impression qu'on est les meilleures. Les gens confieraient leurs chiens à de très bonnes promeneuses, n'est-ce pas?

Rosalie regarda Maria. Son amie restait silencieuse. Oups! Peut-être que Maria n'avait pas encore eu la chance de prendre la parole parce que Rosalie parlait sans arrêt.

— Tu es d'accord? demanda-t-elle.

— Oui, répondit Maria, enfin... j'aime tout ce que tu as dit, sauf le nom. Je pense que je préférerais donner un nom plus... intéressant à notre entreprise. Après tout, nous ne serons pas dans l'annuaire, n'est-ce pas? Nous allons juste faire des affiches, hein? Ou faire du porte-à-porte pour nous présenter.

Alors, on devrait choisir un nom comme « Les joyeuses promeneuses de chiens ».

— Je préfère AAA Plus, dit Rosalie en se croisant les bras.

Maria resta silencieuse.

— Voilà ce que je te propose : comme tu vas sans doute promener des chiens dans ton quartier et moi dans le mien, nous pouvons créer deux entreprises avec des noms différents.

Rosalie tendit la main et dit en souriant :

— Affaire conclue.

Elle était sûre que son entreprise amasserait plus d'argent que celle de Maria.

— Une dernière chose, ajouta Maria. Peux-tu faire en sorte que ça ne devienne pas un concours entre toi et moi?

CHAPITRE SIX

Quand Rosalie rentra de l'école le lendemain, elle jeta son sac à dos sur le banc dans l'entrée et s'affala sur le sol pour faire des câlins et des bisous à Biscuit et à Bandit qui avaient couru à sa rencontre.

— Bonjour, mes chéris, dit-elle en ébouriffant les poils des oreilles de Biscuit et en embrassant la truffe de Bandit. Je ne peux pas rester longtemps avec vous aujourd'hui. Je dois démarrer une entreprise. Mais Charles va bien s'occuper de vous. Il va vous promener et jouer avec vous.

Elle jeta un coup d'œil à son frère qui était juste derrière elle.

— N'est-ce pas? demanda-t-elle.

— Oui, à condition que tu n'oublies pas ce que tu me dois en échange, dit Charles.

— Je n'oublierai pas, promit Rosalie.

Son frère et elle se partageaient généralement la responsabilité de Biscuit et des autres chiots que la famille Fortin hébergeait. Mais maintenant, Rosalie avait une autre tâche : collecter des fonds pour l'opération de Bandit. Elle avait besoin que Charles prenne l'entière responsabilité des soins aux chiots pendant quelque temps. Alors elle avait promis de lui donner un quart de tous les bonbons d'Halloween qu'elle recevrait. Elle allait peut-être le regretter, mais l'Halloween était encore loin. En ce moment, le plus important était de mettre sur pied son entreprise de promeneuse de chiens.

La veille, elle avait fait plusieurs dépliants sur lesquels était écrit : « AAA Plus Promeneuses de chiens : nous sommes de vraies professionnelles très responsables. Vous pouvez nous confier vos chiens. » Elle les avait illustrés avec des images de chiens de différentes races en s'inspirant de son affiche « Les races de chiens dans le monde » et avait ajouté des autocollants de chiots. Chaque dépliant comportait le nom et le numéro de téléphone de Rosalie en plus du message suivant : « Promenades pour chiens en après-midi. Trois dollars par promenade de vingt minutes ».

Rosalie était très fière de ses dépliants. Elle aimait tout particulièrement les longues laisses qu'elle avait dessinées dans les coins pour attirer l'attention.

Elle embrassa les chiots une dernière fois, prit la pile de dépliants et les fourra dans son sac à dos. Elle cria au revoir à Charles et sa mère, et suivit son père jusqu'à la camionnette. Il avait insisté pour l'accompagner le premier jour étant donné qu'elle allait frapper à la porte d'inconnus. Cela ne dérangeait pas Rosalie. Les gens la prendraient sans doute plus au sérieux en voyant qu'elle était la fille d'un pompier.

— Commençons par la rue du Soleil, dit-elle à son père, une fois dans la camionnette.

— Je croyais que Maria et toi cherchiez des clients dans vos quartiers respectifs, dit M. Fortin. La rue du Soleil n'est-elle pas plus proche de chez elle?

Rosalie regarda par la vitre et répondit :

— Pas vraiment. En fait, c'est plus ou moins la limite de nos deux quartiers. Je pensais que je pouvais commencer à frapper aux portes à partir de cette rue et ensuite revenir progressivement à la maison.

M. Fortin haussa les épaules.

— C'est toi qui commandes, dit-il.

Cinq minutes plus tard, ils étaient dans la rue du Soleil. En arrivant, Rosalie demanda à son père de se garer pendant qu'elle observait les maisons. Elle remarqua une grande maison en brique avec des colonnes blanches et une longue allée menant à la porte d'entrée. À la vue de la barrière blanche qui entourait complètement la cour, Rosalie devina qu'un chien habitait là.

— Je pense que je vais commencer par celle-ci, dit-elle. Peux-tu m'attendre ici?

M. Fortin accepta et Rosalie sortit de la camionnette en portant son sac à dos. Elle prit une grande inspiration, ouvrit la barrière et remonta l'allée. Pendant un instant, elle se dit qu'elle aimerait bien que Maria soit à ses côtés. Cela aurait été plus facile, et sans doute plus amusant, de faire ces démarches ensemble. Mais il était trop tard pour y penser. Elle appuya sur la sonnette. Un chien se mit immédiatement à aboyer à l'intérieur. Ses aboiements graves résonnaient dans la maison. C'était bel et bien une maison avec un chien comme Rosalie l'avait espéré. Puis elle entendit des bruits de pas.

— Atlas, chut! dit une voix à l'intérieur.

Une dame ouvrit la porte. Elle avait du mal à retenir un énorme golden retriever tout baveux.

— Oui? dit-elle en regardant Rosalie avec curiosité.

— Bonjour, dit Rosalie en se rappelant soudainement qu'elle avait oublié de sortir un dépliant de son sac à dos. Je m'appelle Rosalie.

Rosalie Fortin. J'aimerais vous offrir mes services de promeneuse de chiens et...

À ce moment-là, Atlas se dégagea de sa maîtresse et se précipita vers la porte.

— Non, attends! cria la dame.

Rosalie fit un pas en avant et saisit le collier du chien.

— Je t'ai eu, dit-elle.

Atlas s'arrêta net. Rosalie sourit.

— Où pensais-tu aller, mon coquin? demanda-t-elle en caressant la grosse tête du chien. Assis!

Atlas s'assit et regarda Rosalie.

— Oh là là! dit la femme. Tu es bonne. Tu dis que tu promènes des chiens? Atlas aurait sans doute besoin de plus d'exercice pour dépenser toute cette énergie. Je vois que tu es capable de le maîtriser. Quand peux-tu commencer?

— Demain? suggéra Rosalie en souriant.

Après la première maison, ce fut facile. Rosalie parla à des gens qui étaient dans leur jardin avec leurs chiens. M. Fortin l'aida à afficher des dépliants

48

sur des poteaux téléphoniques et à en déposer dans des boîtes aux lettres. Ensuite, ils s'arrêtèrent près d'un petit parc dans lequel des chiens jouaient et se promenaient. Ils passèrent l'après-midi à circuler dans le quartier avant de rentrer. Quand Rosalie s'effondra sur le sofa, épuisée, elle avait six clients quotidiens et le nom de trois autres personnes intéressées par une promenade occasionnelle.

Rosalie prit Bandit sur ses genoux et tria les notes qu'elle avait prises au sujet des chiens qu'elle allait promener. Chaque chien avait sa propre fiche cartonnée avec beaucoup d'information. Elle avait interrogé soigneusement chaque client afin d'en savoir le plus possible sur tous les chiens dont elle allait s'occuper : leur nom, leur âge, leur race, ce qu'ils aimaient ou non. Tout était là.

— Tank devrait être chouette, dit-elle à Bandit. C'est un jeune berger allemand qui a beaucoup d'énergie. Et il y a aussi Scotti, le morkie. N'est-ce pas un nom de race amusant? C'est un croisement entre un bichon maltais et un yorkshire. Son maître dit qu'il aboie beaucoup. Il est juste un peu plus grand que toi.

Le chiot blanc et noir fit des bonds sur ses genoux, puis il étira le cou et lécha le menton de Rosalie.

N'oublie pas que je suis le chien le plus important de tous.

— Ne t'inquiète pas, dit Rosalie en riant, je ne t'oublierai pas.

Elle caressa sa fourrure douce, puis se remit à lire ses notes.

— Ensuite, il y a Giny. Elle est assez vieille. Je crois qu'elle est croisée beagle et basset. Il y a aussi Dora, la dalmatienne un peu sourde : je dois lui faire des gestes de la main. Quant à Max, le doberman-pinscher miniature, il a aussi beaucoup d'énergie. Et bien sûr, il y a Atlas.

Rosalie soupira. Comment allait-elle s'en sortir?

Elle avait demandé à chaque maître si leur chien s'entendait bien avec d'autres chiens et tous, sauf celui de Giny, avaient dit oui. Cela voulait dire qu'elle pouvait promener cinq chiens en même temps, ce qui lui ferait gagner du temps. Tout de même, tous ces allers-retours allaient nécessiter une bonne organisation. Allait-elle y arriver?

CHAPITRE SEPT

Plus tard, ce soir-là, juste avant l'heure du coucher, Maria téléphona.

— Tu ne devineras jamais! s'exclama-t-elle. J'ai trois clients! Trois chiens à promener cinq fois par semaine. Trois fois cinq dollars. Ça fait quarante-cinq dollars par semaine. On va collecter les fonds en un rien de temps! Et toi? As-tu trouvé des clients?

— Quelques-uns, répondit Rosalie.

Elle sourit intérieurement en levant le poing en l'air. Ouais! Commencer par la rue du Soleil avait été un choix gagnant. Elle avait deux fois plus de clients que Maria, alors elle gagnerait deux fois plus d'argent. Elle fit un calcul rapide. Elle allait se faire quatre-vingt-dix dollars par semaine! C'était super. Mais elle ne dit rien. Elle ne voulait pas que Maria lui reproche de transformer la collecte de fonds en concours. Même si, en quelque sorte, c'était plus ou moins... ce qu'elle avait fait.

Rosalie s'empressa de changer de sujet.

— Tu devrais voir Bandit. Il est si mignon! Il dort sur mon lit en ce moment, mais juste avant le souper, il jouait avec le gros ours en peluche de Biscuit. L'ours est pratiquement plus gros que lui, mais Bandit le traînait dans toute la maison. Je suppose que ça l'a fatigué.

— Oooh! soupira Maria. Ce petit Bandit! Hé! Tu sais ce qui est bizarre? Je crois que quelqu'un d'autre a lancé une entreprise de promenade de chiens. Quand je suis allée dans la rue du Soleil pour trouver d'autres clients, les gens m'ont dit qu'ils avaient déjà trouvé une promeneuse. Je me demande qui ça peut bien être.

Il était temps de changer de sujet à nouveau.

— Hum. Je crois que mon père m'appelle. Je dois y aller.

Rosalie raccrocha avec une sensation désagréable dans l'estomac. Elle aurait dû dire à Maria que c'était *elle* qui allait promener les chiens de la rue du Soleil. Mais est-ce que c'était vraiment important de savoir qui promenait quels chiens? Après tout, l'objectif était d'amasser des fonds pour l'opération de Bandit. Elle courut dans sa chambre et vit le chiot endormi sur son lit. Il avait trouvé un endroit très confortable entre deux oreillers.

— Mon cher petit Bandit, roucoula-t-elle en se blottissant contre lui.

Il ouvrit sa petite bouche rose et bâilla, puis il lécha la joue de Rosalie.

Salut toi. Il était temps que quelqu'un vienne s'occuper de moi.

Puis il bâilla de nouveau. Ses paupières se fermèrent et il se rendormit.

Rosalie, elle, eut du mal à s'endormir cette nuit-là. Elle repassait dans sa tête la liste de ses clients en essayant de trouver le meilleur itinéraire pour passer prendre chaque chien. Et chaque fois qu'elle repensait à ses clients de la rue du Soleil, une pointe de culpabilité lui serrait le coeur.

Le lendemain, Rosalie se mit en route dès la sortie de l'école. Elle avait décidé de commencer par la rue du Soleil en passant chercher Atlas en premier, puis de retourner vers son quartier en prenant les autres chiens au passage. Après Max, le chien qui habitait le plus près de chez elle, elle retournerait à la rue du Soleil pour déposer Atlas, puis elle ramènerait les autres chiens chez eux sur la route du retour. Comme ça, tous les chiens feraient une bonne grande promenade. Ensuite, elle irait chercher Giny pour la sortir toute seule. Ce serait facile parce que Giny habitait tout près et Mme David, sa propriétaire, avait dit à Rosalie que la chienne n'aimait pas les longues marches. Quand Rosalie avait expliqué son plan à ses parents, ils n'avaient pas semblé convaincus, mais la fillette pensait qu'elle pouvait y arriver.

Elle mit beaucoup plus longtemps que prévu pour arriver chez Atlas. Le grand golden retriever était très impatient et se précipita sur la porte dès qu'il la vit. Rosalie eut du mal à lui mettre sa laisse. Atlas l'entraîna dans la rue.

— Holà! s'écria Rosalie. Doucement, Atlas. Au pied.

Elle tira sur sa laisse. Le grand chien l'écouta et la regarda avec un grand sourire. Il la suivit comme son ombre. Il avait de bonnes manières quand on les lui rappelait.

Trois rues plus loin, avant même d'arriver chez son client suivant, Rosalie se félicita d'avoir mis des sacs en plastique dans son sac à dos. Ramasser les crottes n'était pas sa partie préférée du travail, mais elle savait que c'était nécessaire.

Le premier chien qu'elle prit au passage était Scotti, le morkie. Il était adorable, mais il s'avéra incroyablement lent. Le petit chien s'arrêtait à chaque buisson pour faire pipi et aboyait dès qu'il voyait un écureuil ou un chat.

Le maître de Tank avait laissé la porte arrière ouverte avec une note expliquant où étaient sa laisse et son harnais. Malheureusement, le harnais n'était pas au bon endroit. Rosalie dut attacher la laisse en cuir à son collier en espérant que tout se passerait bien. Tank l'entraîna avec les autres chiens dans la rue.

— Holà! s'écria-t-elle de nouveau.

Ce jeune berger allemand était encore plus fort qu'Atlas *et* beaucoup moins obéissant. Il n'écoutait pas du tout les ordres que Rosalie lui donnait.

Par la suite, Rosalie crut qu'elle allait être écartelée entre Tank et Atlas qui tiraient vers l'avant et Scotti qui traînait de l'arrière. Le petit chien était étonnamment costaud pour sa taille.

Quand Rosalie s'arrêta pour prendre Dora, la dalmatienne, elle commença à penser que ses parents avaient raison. Elle n'aurait *peut-être pas* dû promener cinq chiens à la fois. Dora se comportait bien en laisse, mais contrairement à ce que sa maîtresse avait dit, elle ne s'entendait pas bien avec les autres chiens. Elle semblait aimer Scotti, mais elle grognait et montrait les dents chaque fois que Tank ou Atlas s'approchaient d'elle.

— Non, Dora! disait Rosalie chaque fois que Dora grognait.

Comme la chienne était sourde, cela n'aidait pas beaucoup. Rosalie s'efforça de l'éloigner des grands chiens, ce qui n'était pas une tâche facile. Les quatre chiens allaient dans tous les sens et entortillaient leurs laisses. Rosalie manquait de tomber à chaque pas.

Elle devait avoir l'air fatigué quand elle frappa à la porte de la maison de Max, le doberman-pinscher miniature.

— Ça va? demanda Mme Frederico, la maîtresse de Max. Il peut aller se promener plus tard si tu préfères déposer les autres chiens d'abord.

Rosalie lui assura qu'elle se débrouillerait.

— D'accord, essaie de l'empêcher d'aboyer et de sauter, dit Mme Frederico en tendant la laisse de Max à Rosalie. Ce sont deux mauvaises habitudes que je tente de lui faire perdre.

— Bien sûr, dit Rosalie.

Mais Max ne cessa de sauter et d'aboyer. Ses pattes touchaient à peine le trottoir tandis qu'il avançait en aboyant et en sautant sur Rosalie et sur les autres chiens.

Rosalie retourna vers la rue du Soleil aussi vite que possible en s'arrêtant constamment pour démêler les laisses, ramasser les crottes, essuyer de la bave sur son pantalon ou attendre qu'un chien ait fini de renifler ou de faire pipi. Après avoir déposé Atlas, puis Scotti, elle poussa un soupir de soulagement. Tank et Max ne cessèrent d'aboyer l'un après l'autre, mais cela ne sembla pas déranger Dora à cause de sa surdité. Quand Rosalie arriva enfin chez Max, elle était épuisée. Elle secoua la tête en franchissant les marches de sa propre maison. Demain, il faudrait qu'elle s'organise différemment. Promener cinq chiens à la fois s'avérait beaucoup plus difficile qu'elle ne le croyait.

Rosalie s'arrêta sur la marche du haut. Cinq chiens? Mais elle avait six clients! Elle se frappa le front de la main. Elle avait oublié Giny! Elle devait encore promener un chien.

CHAPITRE HUIT

La propriétaire et fondatrice (et seule employée) de AAA Plus Promeneuses de chiens avait eu une semaine de travail épuisante. Mais Rosalie dut admettre qu'elle avait beaucoup appris.

Le deuxième jour, un mercredi, elle avait essayé de promener les chiens séparément pendant vingt minutes chacun. C'était plus facile, car les laisses ne s'entremêlaient pas, mais cela prenait beaucoup plus longtemps. Six fois vingt minutes, plus le temps d'aller chercher les chiens et de les déposer chez eux, cela donnait deux heures de travail. Ce n'était pas tout à fait ce qu'elle avait prévu et il ne lui restait plus de temps pour ses devoirs, ni pour jouer avec Bandit.

Le jeudi, Rosalie avait fait divers essais. Elle avait découvert qu'elle pouvait promener Atlas et Max en même temps et que Dora et Scotti formaient une combinaison possible. De plus, Tank pouvait accompagner l'une des paires de chiens, maintenant que Rosalie avait trouvé son harnais.

Avec Giny, c'était une autre histoire. Il fallait la promener toute seule, non pas parce qu'elle ne s'entendait pas avec les autres chiens ou qu'elle aboyait ou tirait trop fort, mais parce qu'elle était trop lente. Elle mettait vingt minutes à parcourir un pâté de maisons. Elle marchait sans se presser et s'arrêtait tous les deux pas pour renifler. Quand Rosalie essayait de la faire avancer, Giny se plantait là, raidissait ses courtes pattes trapues et ne bougeait plus. Parfois, même si Rosalie tirait fort sur la laisse, elle ne pouvait pas la faire avancer.

— T'ai-je raconté ce que Giny a fait vendredi? demanda Rosalie à Maria, le dimanche suivant.

Elle était chez son amie. Elle avait amené Bandit et les deux fillettes avaient joué avec le chiot toute la journée en lui faisant beaucoup de câlins, car il allait bientôt partir. Rosalie avait du mal à croire que l'oncle Théo allait venir chercher le chiot d'une minute à l'autre. Il l'emmènerait à Montréal le lendemain matin à l'aube, et Bandit se ferait opérer à la première heure.

Rosalie et Maria ne voulaient pas en parler. C'était plus facile de parler de Giny la têtue.

— Elle s'est assise au beau milieu du trottoir et a refusé de faire un pas de plus, dit Rosalie à son amie.

— Qu'as-tu fait? demanda Maria.

— En fin de compte, j'ai renoncé et j'ai fait demi-tour. Elle s'est dirigée tout droit vers sa maison en me tirant derrière.

Rosalie secoua la tête. Giny était frustrante, mais c'était une gentille vieille fille et Rosalie ne lui criait jamais après. En fait, Rosalie ne criait jamais après les chiens. Comment pouvait-on se fâcher contre eux alors qu'ils se comportaient comme des chiens?

Rosalie tendit la main pour caresser Bandit.

— Il est si gentil, dit-elle. Mme Klein avait raison. Tous ceux qui rencontrent ce chiot tombent sous son charme.

— Sauf oncle Théo, fit remarquer Maria en riant. C'est le seul qui peut lui résister.

Elle souleva Bandit et frotta son nez contre le sien en faisant des bruits de baisers.

— Quel gentil toutou. Je ne peux pas croire que nous ne lui avons pas encore trouvé de foyer, ajouta-t-elle en se tournant vers Rosalie. J'étais sûr que quelqu'un voudrait adopter ce chiot mignon à croquer.

Bandit lui lécha la main et agita sa petite queue duveteuse.

C'est vrai. Qui pourrait ne pas m'aimer? Je suis un petit chéri.

— Je sais, dit Rosalie. Elle ramassa l'une des annonces qu'elle avait réalisées pour Bandit. *Adorable shih tzu cherche une bonne famille.* Sous ce titre, elle avait mis une photo particulièrement mignonne de Bandit : il regardait tout droit l'objectif avec ses petits yeux noirs semblables à des boutons. Puis elle avait écrit des renseignements sur Bandit, y compris le fait qu'il avait besoin d'une grosse opération.

— Qu'est-ce que c'était? demanda Rosalie en bondissant à la fenêtre.

Elle croyait avoir entendu le vrombissement d'un camion, mais quand elle regarda dehors, elle vit que la rue était vide. Quand l'oncle Théo allait-il donc arriver?

Rosalie s'assit et regarda de nouveau l'annonce. Elle savait pourquoi aucun de ses clients ni les gens qui avaient vu l'annonce ne voulaient adopter Bandit.

— C'est sans doute à cause de l'opération, dit-elle. Tout le monde a peur de s'attacher à un chien qui risque de ne pas s'en sortir.

— Ne dis pas ça, répliqua Maria en bouchant les oreilles de Bandit avec ses mains comme s'il pouvait comprendre les paroles de Rosalie.

Rosalie secoua la tête.

— Mais D^re Demers nous a dit que...

— Peu importe ce qu'elle vous a dit, reprit Maria en serrant le chiot noir et blanc contre son cœur. Bandit va s'en sortir. Non seulement ça, mais il se portera mieux que jamais. L'opération va se dérouler parfaitement.

Rosalie vit des larmes dans les yeux de son amie. Elle savait que Maria aurait adoré adopter Bandit, mais Simba était le seul chien que la famille Santiago pouvait avoir et il en serait toujours ainsi.

— D'accord, d'accord, dit Rosalie en levant les mains en l'air. Tu as raison. Tout va bien se passer.

Elle sentit des larmes lui brûler les yeux. Il fallait *absolument* que Bandit s'en sorte. Elle ne pouvait imaginer ne plus jamais lui faire de câlins ou le regarder trottiner à l'autre bout de la pièce en levant bien haut sa petite tête adorable. Elle était aussi attachée au petit chien que Maria et il allait être difficile de lui dire au revoir quand l'oncle Théo arriverait.

Maria soupira et s'étendit sur son lit.

— Je suis fatiguée, dit-elle. C'est dur de promener des chiens tous les jours.

— Je sais, dit Rosalie. Il faut que je te raconte ce qui est arrivé aux Quatre Pattes.

C'était le refuge dans lequel Rosalie faisait du bénévolat tous les samedis après-midi.

— J'espérais travailler à la réception ou même nettoyer les boîtes de litière des chats, poursuivit la fillette. Tout, sauf promener des chiens. Mais la personne qui s'en occupe d'habitude n'était pas là et j'ai dû en promener douze.

Maria éclata de rire et Rosalie poussa un grognement à ce souvenir. *Oui*, se dit-elle, *j'ai beaucoup appris cette semaine.* En vérité, la seule chose qu'elle n'avait pas apprise, c'était comment avouer à Maria le nombre de chiens qu'elle promenait. Elle avait seulement parlé de Giny, Scotti et Max et n'avait rien dit au sujet des trois chiens de la rue du Soleil.

Maria l'avait suppliée de ne pas transformer cette entreprise de promenades de chiens en un concours, mais Rosalie ne l'avait pas écoutée. Elle en *avait fait* un concours qu'elle avait gagné. Maintenant, c'était impossible pour elle d'en parler à Maria sans se vanter et sans confesser qu'elle était la personne qui avait fait du porte-à-porte dans la rue du Soleil.

Par ailleurs, gagner le concours n'avait pas rendu Rosalie heureuse. Elle ne pouvait pas s'occuper de six chiens toute seule. Elle était complètement dépassée et elle savait que c'était sa faute. La prochaine fois qu'elle créerait une entreprise, elle n'insisterait peut-être pas pour ne le faire qu'à sa façon. La prochaine fois, elle collaborerait avec Maria.

Rosalie se pencha pour caresser Bandit qui était encore blotti dans les bras de son amie. Elle flattait ses oreilles soyeuses quand un bruit retentit dehors. Cette fois-ci, elle en était sûre. Elle courut à la fenêtre. Devant la maison se trouvait le camion le plus rutilant et le plus énorme qu'elle ait jamais vu.

— Je crois que ton oncle Théo est arrivé, dit-elle.

CHAPITRE NEUF

— Oh là là! s'exclama Rosalie, quelques minutes plus tard, ébahie. C'est super.

Elle était sortie avec Maria et son père pour saluer l'oncle Théo et aider à installer Bandit dans le camion. Elle avait eu du mal à gravir les marches de métal pour monter dans la cabine. Maria les avait grimpées prestement et Rosalie l'avait suivie. C'était chouette d'être si haut dans la cabine d'un grand camion. Rosalie était fascinée par les immenses sièges avant, le volant énorme et le pare-brise aussi grand qu'une baie vitrée. Puis Maria avait ouvert un rideau situé derrière les sièges, qui dissimulait une petite pièce avec un lit, des étagères et un mini frigo.

— Quelqu'un pourrait pratiquement habiter ici, dit Rosalie.

— Quelqu'un *habite* pratiquement ici, affirma l'oncle Théo avant de faire un gros câlin à Maria. Du moins, quand ce « quelqu'un » parcourt le pays d'un bout à l'autre. J'ai souvent dormi dans ce lit et il est aussi confortable que mon lit à la maison.

M. Santiago passa la tête par le rideau entrouvert et demanda :

— Est-ce que c'est ici que Bandit restera?

Il tenait le chiot noir et blanc dans ses bras.

L'oncle Théo hocha la tête.

— Tout est prêt pour monsieur Boule de poils, vous voyez? dit-il en désignant le fond de la pièce.

Rosalie vit une petite cage pour chien rangée à côté du lit, ainsi que des jouets, des écuelles d'eau et de nourriture et un coussin confortable en tissu écossais rouge.

— J'ai trouvé les vieilles choses de Rosco et je les ai sorties. Il pourra dormir confortablement pendant que nous nous rendrons à Montréal.

Rosalie prit Bandit des bras de M. Santiago et s'agenouilla devant la cage.

— Vas-y, mon chéri, dit-elle en l'installant à l'intérieur sur le coussin rouge.

Bandit entra dans la cage, mais il ne se coucha pas. Il s'assit et regarda Rosalie avec ses petits yeux noirs brillants.

Que se passe-t-il maintenant? Pouvons-nous sortir d'ici?

— Oooh, soupira Rosalie.

Elle trouvait difficile de dire au revoir à Bandit. Il ne savait même pas qu'il allait à l'hôpital pour subir une opération à cœur ouvert. Le pauvre petit chiot allait être tout seul dans une grande ville.

Elle sentit une main sur son épaule.

— Ne t'inquiète pas, Rosalie, dit l'oncle Théo qui semblait avoir deviné ses pensées. Je te promets de bien m'occuper de lui. J'ai une journée de congé demain et je ne quitterai pas la clinique vétérinaire avant d'être sûr que cette boule de poils va bien.

Rosalie hocha la tête.

— Merci, murmura-t-elle en se penchant pour caresser Bandit. Couche-toi maintenant. Sois un gentil chien.

Elle caressa ses oreilles soyeuses une fois de plus et le chiot lui lécha la main.

Maria s'agenouilla à côté d'elle et caressa Bandit elle aussi.

— Allez les filles, dit M. Santiago. Oncle Théo doit se mettre en route.

Après avoir embrassé Bandit une dernière fois, Rosalie, Maria et M. Santiago retournèrent dans la cabine, ouvrirent la porte et descendirent sur le trottoir. Rosalie regarda le camion qui était vert vif, orné d'un éclair jaune sur la porte. Sous la poignée, se trouvait le logo en lettres blanches « TRANSPORTS SANTIAGO ».

— Regarde, Rosalie! s'exclama Maria.

Elle tira sur la manche de son amie et montra la fenêtre du doigt.

— On dirait que Bandit va conduire *lui-même* le camion jusqu'à Montréal.

En effet, le chiot noir et blanc était assis au volant. Il avait dû sortir de sa cage et sauter sur les genoux d'oncle Théo.

L'oncle Théo ouvrit la vitre.

— Je me doutais que cela risquait d'arriver, dit-il. Mon chien Rosco faisait la même chose. Il voulait toujours rester à l'avant pour voir où nous allions.

Il leur montra des sangles en nylon rouge emmêlées et ajouta :

— J'ai un harnais, alors je peux l'attacher solidement au siège du passager. Il sera en sécurité.

Rosalie et Maria regardèrent l'oncle Théo mettre le harnais à Bandit et l'installer sur le siège avant sur un coussin afin qu'il puisse regarder par la vitre.

Quand l'oncle Théo fit démarrer le camion, elles agitèrent la main et dirent :

— Au revoir, Bandit! Au revoir!

À l'école, le lendemain, Rosalie bâilla sur son cahier de vocabulaire. Elle n'avait pas beaucoup dormi. Elle était trop inquiète au sujet de Bandit. Il se faisait peut-être opérer en ce moment même. Elle relia le mot « affectueux » à sa définition « éprouver ou témoigner des sentiments tendres » et ne put s'empêcher de penser à Bandit. Comment se déroulerait l'opération? Combien de temps durerait sa convalescence? Quand le reverrait-elle? Et comment allait-elle trouver un foyer parfait pour ce chiot spécial?

Elle regarda un autre mot sans vraiment y prêter attention. Au lieu de relier des mots à leurs définitions, elle se mit à dessiner Bandit dans la marge de son papier.

Au pupitre voisin, Maria bâillait elle aussi. Et quand Rosalie regarda la feuille d'exercice de son amie, elle vit que Maria faisait également des dessins de Bandit. Maria était meilleure en dessin que Rosalie. Ses dessins montraient Bandit tout entier. Bandit assis, Bandit en pleine course, Bandit couché sur un coussin en forme de cœur. Rosalie sourit à Maria.

— Tes dessins sont vraiment réussis, dit-elle.

La secrétaire adjointe entra dans leur classe et donna un message à Mme Hamel, leur enseignante, qui le lut et la remercia. Puis Mme Hamel se dirigea tout droit vers Rosalie.

— Rosalie, Maria, pouvez-vous venir à mon bureau un instant? demanda-t-elle en leur adressant un signe de la main.

Rosalie échangea un regard avec Maria. Son estomac se serra.

— Ta maman a téléphoné, dit Mme Hamel à Maria, pour transmettre un message de la part de ton oncle Théo. Il s'agit de Bandit.

CHAPITRE DIX

Rosalie saisit le bras de Maria qui dévisageait Mme Hamel sans dire un mot.

— Que dit le message? demanda Rosalie. Que dit-il?

— Il va bien, s'empressa de dire Mme Hamel.

Elle avait entendu parler de Bandit, car Rosalie et Maria avaient raconté beaucoup d'histoires à son sujet au cours de la dernière semaine.

— L'opération s'est très bien passée et il se repose maintenant, ajouta-t-elle en consultant de nouveau le papier. L'oncle de Maria le ramènera dans environ quatre jours.

Rosalie se pencha vers Maria en soupirant de soulagement.

— Youpi! murmura Rosalie. Il va bien. Il va guérir.

Maria hocha gaiement la tête et elles se sourirent.

— Euh, tu peux me lâcher maintenant, dit Maria.

— Oups! Désolée! fit Rosalie en se rendant compte qu'elle serrait encore le bras de son amie.

Elles retournèrent à leurs sièges, mais la cloche sonna avant qu'elles aient pu finir leurs exercices. Pendant qu'elles se mettaient en rang pour aller en récréation, Rosalie tapota l'épaule de Maria.

— J'ai quelque chose à te dire, confessa-t-elle.

Le moment était venu de dire la vérité à son amie.

— Quoi? demanda Maria. Ça concerne Bandit?

— Non, ça me concerne moi. C'est au sujet des chiens que je promène.

Elles étaient dans la cour maintenant, tout près des balançoires.

Rosalie s'assit sur une balançoire et Maria prit celle d'à côté. Rosalie se mit à tourner sur elle-même tout en cherchant ses mots pour s'expliquer.

— Tu veux dire au sujet des chiens que tu promènes sur la rue du Soleil? demanda Maria.

78

Rosalie leva les pieds et se laissa tourner jusqu'à ce qu'elle se sente étourdie. Puis elle posa les pieds par terre et regarda Maria dans les yeux.

— Comment le savais-tu? demanda-t-elle.

Maria haussa les épaules.

— Je t'ai vue l'autre jour quand mon père et moi allions au magasin. Tu avais un grand golden retriever avec toi.

— Atlas, dit Rosalie en avalant sa salive. Es-tu fâchée contre moi? Je... Je voulais gagner le plus d'argent possible pour aider Bandit.

— Et pour prouver que ton entreprise était bien meilleure que la mienne, ajouta Maria.

Mais elle lui sourit avant de s'élancer pour se balancer haut dans les airs.

— Je le *savais*, dit-elle. Je savais que tu ne pourrais pas t'empêcher d'en faire un concours.

— Je... commença à dire Rosalie.

Mais elle n'essaya pas de se justifier et poursuivit :

— Je suis désolée. Tu avais raison. J'ai trop de chiens à promener. J'ai vraiment besoin d'aide. J'ai vraiment besoin de *ton* aide.

Les quatre jours suivants passèrent rapidement. C'était *beaucoup* plus amusant de promener les chiens tous les jours avec une amie. Après la confession de Rosalie, les deux amies décidèrent de fusionner leurs entreprises en une seule et de lui donner le nom de AAA Les joyeuses promeneuses de chiens. Elles promenèrent tous les chiens de leurs clients ensemble, même Giny, la chienne la plus lente du monde.

En ce vendredi soir, Rosalie se trouvait dans la chambre de Maria et attendait avec son amie l'arrivée de l'oncle Théo et de Bandit.

— À quelle heure a-t-il dit qu'il allait arriver? demanda Rosalie tout en se précipitant à la fenêtre pour la dixième fois.

Maria leva les yeux et dit :

— Après le souper. C'est tout ce qu'il a dit.

— Nous avons fini de souper il y a une heure, dit Rosalie.

Elle rebondit sur le lit et trois chevaux en peluche tombèrent. Maria avait autant de photos, de jouets et de livres sur les chevaux dans sa chambre que Rosalie en avait sur les chiens.

— Calme-toi, Rosalie, dit Maria en remettant les peluches à leur place. Ils arriveront quand ils arriveront.

Rosalie fit une grimace.

— On croirait entendre ma mère.

Puis elle tressaillit de nouveau. Cette fois, elle était sûre d'avoir entendu un bruit sourd de moteur.

— Écoute! Qu'est-ce que c'était?

Elle courut à la fenêtre et s'exclama :

— C'est eux! Ils sont arrivés!

Maria et Rosalie dévalèrent les escaliers et se précipitèrent dehors juste à temps pour voir l'oncle Théo descendre du camion en portant Bandit. Le chiot semblait minuscule dans ses énormes bras. L'oncle Théo sourit aux deux amies.

— Le voilà, dit-il. Il est comme neuf!

Rosalie et Maria entourèrent l'oncle Théo et murmurèrent des mots doux à Bandit. Elles tendirent la main pour caresser ses oreilles et se laisser lécher par le chiot.

— Il va bien? demanda Rosalie.

— Oui, il va bien, dit l'oncle Théo. En fait, il va encore *mieux* que ça.

Il sourit au chiot blotti dans ses bras.

— Ce petit chien est vraiment extraordinaire.

— Que veux-tu dire? demanda Rosalie.

L'oncle Théo hocha la tête sans cesser de sourire.

— Sur le chemin du retour, je me suis arrêté pour manger. Bandit était dans le camion. Je croyais qu'il dormait dans son lit. Mais alors que je payais, j'ai entendu aboyer. J'ai couru et j'ai vu Bandit qui aboyait furieusement après un gars qui essayait de voler de l'essence dans le réservoir de mon camion.

Quelques jours seulement après avoir subi une opération à cœur ouvert, ce petit chiot a fait peur à des voleurs!

Bandit poussa un petit jappement à ce moment-là.

Je lui ai fait peur à ce voleur, hein?

Rosalie et Maria se mirent à rire.

— Je dois ajouter ça sur notre dépliant, dit Rosalie. « Bon chien de garde ». Peut-être que quelqu'un voudra l'adopter maintenant.

L'oncle Théo s'éclaircit la gorge.

— En fait, quelqu'un est intéressé, dit-il avec un sourire gêné. Moi. Je pense qu'il ferait un excellent copilote. Il s'avère que cette boule de poils tient bien compagnie.

Il serra Bandit plus fort contre lui et Rosalie vit les palmiers bouger de nouveau dans la brise.

— Vraiment? s'écria Maria. C'est super, oncle Théo! Comme ça, on verra Bandit chaque fois que tu nous rendras visite!

Rosalie observa la façon dont l'oncle Théo regardait Bandit. Il était évident que ce grand bonhomme avait fini par tomber sous le charme de Bandit. Et le chiot allait connaître une vie remplie d'aventures sur la route. Il allait rencontrer plein de gens et découvrir de nouveaux endroits chaque jour. Bandit avait trouvé le foyer parfait.

— Maintenant, tout ce qui nous reste à faire, c'est de finir de payer la clinique vétérinaire pour son opération, soupira Rosalie.

Elles allaient devoir promener des chiens pendant de longs mois encore.

Mais l'oncle Théo sourit.

— Je pense que vous allez être surprises. Vous vous souvenez de Mme Klein, du restaurant routier? Elle n'a pas cessé de collecter des fonds auprès de tous ses habitués. Elle m'a demandé de vous amener au restaurant routier avec Bandit pour le déjeuner demain. Elle a un gros chèque à vous donner. Je crois qu'en l'ajoutant à l'argent que vous avez déjà amassé, ça suffira à payer la facture du vétérinaire.

— Fantastique! s'exclamèrent Rosalie et Maria.

***

Rosalie se frotta le ventre. Oh là là! Un autre déjeuner au resto Chez Albert.

— Cette fois, je vais...

Elle allait dire « manger toutes mes crêpes », mais elle échangea un regard avec Maria et changea d'idée.

— Je vais commander la demi-portion, conclut-elle en faisant un sourire à son amie.

EN SAVOIR PLUS SUR LES CHIOTS

S'occuper du chien de quelqu'un d'autre est une grosse responsabilité. Si tu veux commencer à garder ou à promener des chiens, tu dois t'assurer de bien comprendre la personnalité et les habitudes de chaque animal.

Quand je garde Woofy, le chien de mon ami, je dois lui donner cinq capsules et deux poudres spéciales chaque soir avec son souper! Et quand je promène Sofie, le chien d'un autre ami, je dois me rappeler qu'elle essaie toujours de se débarrasser de son collier en se tortillant. Quant à Buddy, un chat que j'ai gardé, il aimait seulement un certain type d'aliment servi sur une assiette particulière.

La plupart des animaux sont heureux quand on s'occupe d'eux de la même façon que leurs maîtres le feraient.

Chères lectrices,

Chers lecteurs,

Mon premier emploi, quand j'avais dix ans environ, était de promener le chien de mes voisins. Chaque jour après l'école, j'allais chercher Sable, un border collie magnifique et je le promenais autour du pâté de maisons. Je touchais 50 cents pour chaque promenade. Heureusement, Sable était très bien élevé et il ne tirait jamais sur sa laisse. Je ne crois pas que j'aurais été capable de m'occuper de cinq chiens à la fois comme Rosalie!

Caninement vôtre,

Ellen Miles

P.-S. Pour doubler le plaisir de lire, découvre l'histoire de deux chiots adorables dans l'édition spéciale : CHICHI ET WAWA!

À PROPOS DE L'AUTEURE

Ellen Miles adore les chiens et prend énormément de plaisir à écrire les livres de la collection *Mission : Adoption*. Elle est l'auteure de nombreux livres publiés aux Éditions Scholastic.

Elle habite dans le Vermont et elle pratique des activités de plein air tous les jours. Selon les saisons, elle fait de la randonnée, de la bicyclette, du ski ou de la natation. Elle aime aussi lire, cuisiner, explorer sa belle région et passer du temps avec sa famille et ses amis.

Si tu aimes les animaux, tu adoreras les merveilleuses histoires de la collection *Mission : Adoption*.